Wie Saraswati zu ihren Reittieren kam

Erzählungen

von Elsa Thamm

Herstellung und Verlag:
BoD – Books on Demand,
Norderstedt

ISBN: 978-3-757-81138-9

Bibliografische Information der Deutschen Nationalbibliothek: Die Deutsche Nationalbibliothek verzeichnet diese
Publikation in der Deutschen Nationalbibliothek; detaillierte,
bibliografische Daten sind im Internet über:
http://dnb.d-nb.de abrufbar

Inhaltsverzeichnis

Prolog

Quinn Quicksilver stand am Rande eines Dorfes und verabschiedete sich von den Bewohnern. Heute würde er zum nächsten Ort weiterziehen. Er war ein Quecksilbermensch, dessen Körper aus flüssigem Silber geschaffen schien. Versuchte man, sie näher zu betrachten, zerflossen sie vor dem Auge. Man konnte nie mit Bestimmtheit sagen, ob man einen Mann oder eine Frau vor sich hatte. Quecksilberleute waren ungewöhnliche Erdbewohner. Äußerlich alterten sie nicht und sahen selbst nach Jahrzehnten wie zwölfjährige Kinder aus. Daher wurden sie trotz ihrer reichen Lebenserfahrung häufig unterschätzt.

Ebenso wenig wie sie äußerlich anderen Erwachsenen glichen, ebenso wenig verhielten sie sich wie diese. Sie erhielten sich eine kindliche Unbeschwertheit, Neugierde und Wissbegier auf die Welt. Zusätzlich wurde Quinn von dem unbedingten Wunsch durchdrungen, die Fassade der Dinge abzustreifen und den tieferen Sinn des Lebens zu verstehen. Mittlerweile hatte Quinn einige Jahre die Welt erkundet. Alle Arten von Individuen hatte er kennengelernt. Immer wieder erstaunte und entzückte ihn die Vielfalt der Schöpfung: Es gab Menschen in jedem Alter mit unterschiedlichem Aussehen und einem einmaligen unverwechselbaren Charakter.

Auf seinen Reisen lernte Quinn viele weltliche Tätigkeiten. Er half, dem Bäcker Brot zu kneten, dem Bauern die Tiere zu versorgen, dem Schreiner einen Tisch zu drechseln und dem Maurer ein Haus zu bauen. Wann immer es möglich war, lauschte er den Ältesten und Weisen in den Dörfern. Sie sorgten mit ihren Geschichten dafür, dass die Menschen nicht vergaßen, was wesentlich war. Sie berichteten von Gott, den Göttern, den Naturgeistern und den Vorfahren.

Und in all der Zeit, während seiner Reisen, keimte der Same Gottes in ihm. Jede Geschichte, jedes Lied und jedes Gespräch ließ ihn wachsen bis Quinns Glaube so stattlich und fest verwurzelt wie ein Bodhi-Baum war. Gleichzeitig wuchs in ihm der Wunsch, noch mehr über Gott und die Schöpfung zu erfahren. Das spannendste Abenteuer blieb seine Reise zu sich selbst.

Er betrachtete das Leben der Menschen und deren Glück und Unglück: Geburt und Tod, rauschende Feste und Trauerfeiern, Reichtum und Armut, Gesundheit und Krankheit. Alle Sterblichen erlebten sowohl Heil und Freude, als auch Elend und Leid. Leben entstand, veränderte sich und erstarb wieder – ein ewiger Kreislauf. Ein ewiger Kreislauf? Wann begann und endete er? Was war dessen Sinn?

Der Quecksilbergeborene erkannte, dass er Hilfe brauchte, um seinen inneren Weg fortzusetzen.

Die alte Frau

Quinn erreichte sein nächstes Ziel, das Dorf Bhati.
Hier lebte ein weithin bekannter Manuskriptmacher. Bei diesem wollte er lernen, die dafür not-
wendigen Palmblätter vorzubereiten und zu ver-
arbeiten. Wie stets an einem unbekannten Ort, sah
er sich wissbegierig um und schlenderte langsam
zum Zentrum. Dort stand ein gewaltiger Bodhi-
Baum. Unter diesem saß eine betagte Frau. Freund-
lich grüßte der junge Mann, stellte sich vor und
fragte nach dem Manuskriptmacher. Die Alte zwin-
kerte ihm zu und wies ihm den Weg. Etwas ver-
blüfft blinzelte Quinn und lächelte automatisch
zurück.

Er fand das Haus und klopfte an. Der Meister
der Palmblätter öffnete. Als er Quinn erblickte,
überzog ein Strahlen sein Gesicht. Durch ihr mar-
kantes Äußeres waren die Quecksilbermenschen
sofort erkennbar und als Gehilfen herzlich will-
kommen. Sein neuer Dienstherr hieß Grihastha

und wirkte wohlwollend und frohgemut. Er erklärte Quinn seine Aufgaben für die folgenden Wochen. Nachdem er alles verstanden hatte, erkundigte er sich nach der Greisin unter dem Bodhi-Baum. Sie hatte seine Neugier geweckt.

»Du meinst bestimmt Bharati. Sie sitzt oft dort und erzählt den Dorfbewohnern Geschichten. Wenn du zu ihr gehst, nimm ihr ein paar Früchte mit und sag einen Gruß von mir«, antwortete der Hausherr. Etwas verdattert nickte Quinn. Bis jetzt hatte er das nicht vorgehabt. Aber warum nicht?

Mehrere Stunden später nach getaner Arbeit spazierte der Quecksilbermann also mit einem Korb voller Früchte zum Bodhi-Baum. Dort hatten sich bereits einige Menschen versammel, teilten Obst und Nüsse untereinander und unterhielten sich. Friedvoll saß Bharati da und beobachtete die Dorfbewohner. Nachdem sie Quinn erblickte, lächelte sie und begann zu sprechen.

Brahma, der Schöpfer

Es lebte einmal eine Kriegerin vom Stamm der Schwäne mit dem Namen Opira. Ohne Unterlass kämpfte sie gegen alle Arten von Dämonen. Sie beschützte die Schwachen und nahm nur die allernötigste Rücksicht auf sich, so lange bis ihr ganzer Körper voller Narben war. Keine Wunde, die ihr zugefügt wurde, hielt sie davon ab ihren Stamm zu verteidigen. Nie gab sie auf. Im Laufe der Jahre wünschte sie sich zunehmend, dass ihre Verletzungen rascher heilen und nicht mehr schmerzen sollten. Sie beanspruchte die gleiche Fürsorge für sich selbst, die sie anderen gewährte.

Brahma erfuhr von diesem Anliegen. Er betrachtete mit Wohlgefallen ihr Leben und beschloss, ihren Wunsch zu erfüllen. Nachts erschien er Opira und fragte sie nach ihrem Begehren. Voller Vorfreude antwortete sie: »Ich möchte den Hieben der Dämonen nicht länger ohne Schutz ausgesetzt sein.«

Der Gott der Schöpfung gestaltete eine neue Haut, die auf jeden Angriff reagierte und sich wandelte. Versuchte die Finsternis, den Schutzwall zu durchbrechen, veränderte sich die Oberfläche: Griffen die Dämonen mit Feuer an, zerfloss die

Haut an dieser Stelle zu Wasser. Trafen sie Pfeile, verhärtete sie zu Metall. Warfen die bösen Geister Felsen auf sie, verbog sie sich zu Gummi und die Steinbrocken prallten ab und flogen zurück. Die härtesten Schläge der gefährlichsten und dunkelsten Wesen richteten weder Schmerz noch Schaden an. Der Schöpfergott hatte etwas bisher nicht Dagewesenes, Einzigartiges für Opira erschaffen.

Bharati beendete ihre Erzählung. Daraufhin verstreuten sich die Anwesenden. Lediglich Quinn blieb. Er hatte Fragen. Nachdem die anderen den Platz verlassen hatten, begab er sich zu der bejahrten Frau, die weiterhin unter dem Baum saß.

»Frage ruhig Quinn! Es ist schön, wenn jemand Fragen hat und Gott auf den Grund gehen möchte«, eröffnete Bharati das Gespräch.

»Ich dachte, dass Gott alles erschaffen hat und nicht Brahma. Wer ist Brahma?«

Bharati antwortete: »Du hast Recht. Gott hat alles erschaffen. Er ist der Schöpfer, der Erhalter und der Zerstörer gleichzeitig. Allerdings kann er in unterschiedlicher Gestalt auftreten wie ein Schauspieler. Dieser spielt einmal einen Bauern, einmal einen Kaufmann und einmal einen Musiker. In jeder Rolle trägt er ein anderes Kostüm, drückt sich anders aus und handelt entsprechend seiner Aufgabe im Theaterstück. Es ist jedes Mal die gleiche Person und doch wieder nicht. So ähnlich erscheint Gott in unterschiedlichen Rollen und Manifestationen. Dann ist es für uns einfacher, die Dinge zu verstehen. Stell dir vor, der Schauspieler sähe in jeder Rolle gleich aus. Das wäre ganz schön verwirrend.«

Quinn nickte zustimmend. »Dann gibt es also noch mehr Gottheiten?«

Jetzt nickte Bharati: »Gott ist wie die Sonne. Jeder Sonnenstrahl ist eine Gottheit, die zu ihm hinführt. Es gibt viele göttliche Erscheinungen. Alle erfüllen bestimmte Aufgaben im Kreislauf des Lebens. Jeden Tag werde ich eine Geschichte von ihnen erzählen.«

Am nächsten Morgen öffnete Quinn die Augen. Immer noch wirbelten ihm die Worte der Geschichtenerzählerin durch den Kopf. Es gab reichlich zum Nachdenken. Sie hatte seine Wissbegierde geweckt.

Abends pilgerte er erneut zum Bodhi-Baum und wieder gab die Alte eine Geschichte preis.

Wie Saraswati zu ihren Reittieren kam

Ein Weiser, ein Maler und ein Musiker saßen eines Tages in einer Schenke zusammen. Vor ihnen lagen weiße Blätter und Federkiele. Der Weise kratzte sich den Bart und stierte mit leeren Augen vor sich hin. Der Maler, mit Farbe bekleckert, ließ seinen Blick missmutig durch den Raum schweifen. Gelegentlich verharrte er kurz auf dem blanken Papier, um dann sofort weiter zu wandern. Der Musiker hatte die Augen geschlossen und wirkte ebenso verzweifelt wie seine Tischgenossen.

Da wirbelte ein Narr Rad schlagend in den Raum. An seinen kunterbunten Gewändern und seiner Kappe hingen kleine Schellen, die bei jeder Bewegung vergnüglich klingelten. »Warum seid ihr so trübsinnig?«, fragte er die Drei.

»Keine Einsicht! Kein Einfall! Keine Eingebung!«, antworteten diese im Chor. Der Narr schlug einen Purzelbaum. Dann begann er zu sprechen:

»Einst lebten zwei kleine graue Vögel, die um das Vorrecht stritten, Saraswatis Reittier zu sein. Die Göttin Saraswati kam hinzu, versuchte, den Streit zu schlichten, und fragte den einen: ›Warum solltest du mein Reittier sein?‹

›Ich bin rein und nichts Irdisches haftet an mir‹, antwortete dieser. Die Göttin wandte sich an den anderen: ›Und du? ‹

›Ich liebe das Leben und genieße es in allen Facetten‹, antwortete der zweite.

Saraswati lächelte: ›Ihr sollt beide meine Reittiere sein.‹

Sie sprach zum ersten Vogel: ›Rein weiße Federn sollen deinen Körper umhüllen, von denen aller Schmutz abperlt.‹ Dann drehte sie sich zum zweiten: ›Du sollst ein buntes Gefieder erhalten. Alle Farben des Lebens sollen sich in dir spiegeln.‹

Zufrieden bedankten sich der Schwan und der Pfau.«

Der Narr beendete seine Erzählung wiederum mit einem Purzelbaum, verbeugte sich, riss seine Mütze vom Kopf und forderte einen Lohn. Mittlerweile lächelten die drei Männer. Jeder warf eine Münze in den Hut und der Narr verließ unter Glöckchengebimmel den Gasthof.

Der Weise griff zur Feder und schrieb eine Abhandlung über das weiße Licht, das dennoch alle Farben beinhaltet. Der Maler brach nach Hause auf. Er beabsichtigte ein Bild vom Pfau zu zeichnen, der sich im Spiegel als Schwan sieht. Und der Musiker schrieb die ersten Noten, um das Gespräch zwischen Saraswati und den Tieren zu vertonen.

Die Fabel war beendet. Und wieder verabschiedeten sich die restlichen Zuhörer recht schnell und einzig und allein Quinn blieb zurück. »Erzähle mir etwas zu Saraswati«, bat er.

»Saraswati gehört als Brahmas Frau zum Anteil der erschaffenden Kraft Gottes. Aus allem, was Brahma für das Leben zur Verfügung stellt, gestaltet sie immer wieder Neues. Diese Facetten der Veränderung spiegeln die beiden Vögel in Vollkommenheit. Nur scheinbar zeigen ihre Reittiere zwei unterschiedliche Seiten der Schöpfung. Auf der einen Seite alle Aspekte des weltlichen Lebens, bunt und schillernd. Auf der anderen Seite die Abkehr davon, weiß und vollkommen rein. Beides gehört zusammen und kann nicht voneinander getrennt werden. Ähnlich wie das weiße Sonnenlicht die Farben des Regenbogens in sich birgt. Das weltliche Leben ist die Basis, um die höchsten Wipfel der spirituellen Verwirklichung zu erklimmen. Die materielle Schöpfung ist das Spielfeld der Seele in Raum und Zeit.«

»Danke«, bekundete Quinn und brach auf. Er freute sich schon auf den nächsten Abend.

Vishnu als Heiler der Erde

Mila schlug die Augen auf und sprang aus dem Bett.
Die junge Frau befand sich seit zwei Jahren in der
Ausbildung zur Heilerin. Bisher hatte sie vor allem
theoretisches Wissen erhalten: Aufbau des mensch-

lichen Körpers, Seelenkunde, Gefühlskunde, Kräuterkunde ... überhaupt sehr viel Kunde! Und Meditation jeden Tag. Alles notwendig, nichtsdestotrotz nicht besonders aufregend.

Heute hatte sie endlich ihre erste praktische Stunde. Sie sollte mit Vishnu zur Schwarzen Schlucht fliegen. Die leuchtend blaue Gottheit war einer ihrer Lehrer und würde sie heute unterrichten. Mila beeilte sich und stand kurz darauf vor dem Gott und seinem Adler Garuda. Er hieß sie aufzusitzen und der imposante Vogel schwang sich in die Luft. Bald erreichten sie das Tal. Das Tier landete und sie stiegen ab.

Die angehende Heilerin sah sich um. Hier gab es nicht das Mindeste: ausschließlich tote Erde. Sie sah aus wie schwarzes Glas und war ebenso scharfkantig. Nichts wuchs hier. Was wollten sie hier?

Der Erhalter der Welt setzte sich in den Schneidersitz und bedeutet Mila sich ihm gegenüber niederzulassen. Er deutete um sich: »Hier wurde vor langer Zeit das Leben verletzt und wir wollen nun beginnen es zu heilen. Pass auf, wie ich es mache.«

Vishnu formte seine Finger zu einer geschlossenen Lotusblüte, berührte den Untergrund und aus seiner Hand erwuchs eine zarte blaue Blume. »Und nun du«, forderte er Mila auf. Sie ahmte ihn nach und brachte einen gelblich-grünen Stängel zu Stande. Enttäuscht schaute sie auf ihre Hände.

»Das ist nicht schlimm, versuch es noch einmal«, ermutigte sie der Bewahrer des Lebens. Im nächsten Anlauf schaffte sie einen dünnen grünen Stängel mit drei braunen Blütenblättern. Sie übte weiter. Wieder und wieder ließ sie aus ihren Händen Blumen wachsen, bis es ihr schließlich gelang. Eine makellose Pflanze mit zarten himmelblauen Blüten entspross ihren Händen.

Vishnu lächelte: »Schau!« Rund um die kleine Blume hatte sich der Untergrund verändert und sah gesund aus.

Wie an den Abenden zuvor verweilte Quinn bis niemand mehr da war. »Ist Vishnu der Gott des Heilens?«, fragte er.

»Nein, Vishnu ist vielmehr als das. Er ist genauso ein Gott des Krieges wie des Heilens. Alles, was er tut, dient dem Erhalt des Lebens. Er tötet, heilt und sorgt für das Überleben der Welt«, erklärte ihm Bharati. »Immer dann, wenn die Schöpfung bedroht ist, inkarniert Vishnu in den verschiedensten Formen, um uns zu helfen. Seine treue Gemahlin Lakshmi folgt ihm in jedes irdische Leben und bleibt stets an seiner Seite.«

Lakshmi oder warum Divali gefeiert wird

Es war einmal ein König, der alles hatte: eine großartige Familie, ein wunderschönes Schloss, riesige Ländereien, und Gold im Überfluss. Jeden Tag gab es die erlesensten Speisen, ritt er auf den edelsten

Pferden und ergötzte sich an den spaßigsten Gauklern des Landes.

Nur, er amüsierte sich nicht. Immer fand er, etwas auszusetzen, gab es etwas zu nörgeln und etwas zu beanstanden. Nichts war ihm gut genug. Mit jedem Tag wurde er griesgrämiger. Er verbot den Menschen alles, was das Leben lebenswert macht. Niemand durfte unter Androhung der Todesstrafe lachen, singen oder tanzen.

Zu guter Letzt bat seine Gemahlin, die Königin, die Göttin Lakshmi um Hilfe: »Große Mutter Lakshmi, mein Mann besitzt Reichtümer und Wohlstand. Es mangelt ihm an nichts und trotzdem kann er das Leben nicht genießen. Er vergällt uns alles. Bitte hilf uns.«

Die Göttin erhörte sie und erwiderte: »Entzündet bei Einbruch der Dunkelheit im ganzen Land Lichter, dann wartet ab.«

Folglich ordnete die Königin an, überall kleine Öllämpchen zu entfachen. In jedem Fenster, in jeder dunklen Ecke, allerorten leuchtete es, solange bis nirgendwo mehr Dunkelheit herrschte. Auf den Straßen formten die Menschen Blumen und heilige Symbole aus den unscheinbaren Lämpchen. Und alle freuten sich über den Anblick, lachten, tanzten und feierten gemeinsam.

Durch den nächtlichen Lärm aufgeschreckt, trat der König vor die Tür. Unmittelbar sah er überall in lachende, strahlende Gesichter. Staunend betrachtete er das Lichtermeer und Glück überflutete ihn. In seinem Herzen zog Lebensfreude ein. Mit einem Herzschlag erschienen ihm die Widrigkeiten des Lebens nicht mehr in gleicher Weise bedrückend und ein Schmunzeln breitete sich auf seinem Gesicht aus. Seitdem feiert man jedes Jahr Divali, das Lichterfest.

Nach der Verabschiedung der anderen Anwesenden setzte Bharati unmittelbar fort: »Lakshmi ist die Lichtbringerin. Diejenige, die die Fülle in sich trägt und dem Leben seinen besonderen Glanz verleiht. Vishnus Gattin erhält das Leben, in dem sie uns Freude an unserer Existenz erleben lässt und den Lebenswillen erweckt und stärkt. Daher werden ihr Reichtum und Wohlstand zugeordnet. Sie ist wie die Firnis auf einem Bild, die Schimmer und Schutz verleiht.«

Nach einer kurzen Pause schloss sie lächelnd mit den Worten: »Wie schön, dass du so beharrlich bist. Bis morgen, Quinn!«

Warum Kali keine Statuen mag

Einst wurde Kali an vielen Orten verehrt. Die Menschen stellten buntbemalte Skulpturen aus Keramik in ihren Häusern auf und huldigten ihr mit Ritualen und Mantras. Die Göttin freute sich über die

Ehrerbietung der Erdenbewohner, war diesen gewogen und erfüllte ihnen ihre Wünsche.

Einen besonderen Gefallen fand sie an einem jungen Mann, der ihr jeden Tag in vollendeter Form Achtung erwies. Prodito stand täglich im Morgengrauen auf, betete zu ihr, brachte ihr frische Blumen und sang Mantras. Er sorgte dafür, dass Tag und Nacht Kerzen brannten und ihre Statue in Licht gebadet war. Kali liebte ihn, erfüllte ihm viele Wünsche und war bedacht auf sein weltliches Glück. Meist erschien sie ihm während seiner Gebete und manchmal tanzte sie für ihn.

Eines Morgens kam er nicht zur gewohnten Zeit. Und nachdem er endlich eingetroffen war, wirkte er abwesend und mürrisch. Am folgenden Tag war er pünktlich, doch seine Augen blieben leer und er erschien lustlos. Im Laufe der nächsten Wochen vergaß er häufiger Blumen mitzubringen und kürzte die Gebete ab. Kali konnte sich keinen Reim darauf machen und hoffte auf eine vorübergehende Laune.

Unerwartet überfiel er sie in einer Neumondnacht. Prodito beugte wie zum Gruß seinen Kopf, behielt dabei jedoch seine Hände hinter dem Rücken. Wie meistens nahm die Göttin Gestalt an. In diesem Moment hob er die Hand und warf einen Stein auf ihre Statue, sodass sie in tausend Scherben zersplitterte. Ein gehässiges Lächeln verzerrte dabei sein Gesicht. Gleichzeitig stieg vom Boden schwarzer Dampf auf und der Dämon Smug manifestierte sich.

Kali taumelte, geschwächt durch die Zerstörung ihrer Statue. In dem Moment griff das dunkle Wesen an und die Göttin verwandelte sich. Ihre Haut verfärbte sich tiefschwarz, ihre Zunge feuerrot und ihre Augen loderten. In jeder Hand hielt sie einen Säbel. Ihr Zorn und ihr Schmerz über den Verrat kannten keine Grenzen. Immer schneller und schneller bewegte sie sich, bis es aussah, als hätte sie acht Arme. Mit einem Schlag trennte sie den Kopf von seinen Smugs Schultern. Prodito schrie wutentbrannt und frustriert auf. Sie fuhr zu ihm herum. Nichts erinnerte mehr an die liebevolle Göttin, die er einst angebetet hatte. Bebend wich der Verräter vor der rasenden Gottheit zurück. Bedrohlich baute sie sich vor ihm auf.

»Was hast du getan?«, zischte sie. »Sprich!« Prodito wand sich:

»Der Dämon versprach mir Unsterblichkeit.« Kali lächelte grausam:

»Nun dann, so soll dir dieser letzte Wunsch gewährt werden. Über tausende Jahre hinweg wirst du die Menschen kommen und gehen sehen.«

Und sie verwandelte ihn in das Kali-Gandaki Tal. Danach bückte sie sich, hob den Schädel des Dämons auf und fädelte ihn auf eine Kette um ihren Hals.

Allein mit Bharati fragte Quinn: »Findet man deswegen heute keine Statuen von Kali außerhalb eines Tempels mehr?«

Die Lehrerin nickte: »Kali entzog diese Gunst den Menschen. Ebenso prüft sie ihre Anhänger hart und weicht ihnen immer wieder aus. Sie erscheint ihnen schwarz und furchterregend mit ihrer Schädelkette um den Hals, bevor sie eine Annäherung erlaubt.«

Quinn fand Kali etwas unheimlich, was sie wahrscheinlich genauso beabsichtigte. Dennoch war er sehr froh, dass es sie gab und alles Böse bestrafte.

»Gute Nacht, Quinn«, sagte Bharati und dieser wanderte zurück zu seinem Heim.

Shiva und die drei unzufriedenen Männer

Shiva saß in tiefer Gottversunkenheit auf der Spitze des Berges Kailash und meditierte. Er atmete so langsam, dass es fast schien, als wäre er eine Statue. Sein bartloses Gesicht strahlte tiefe Ruhe und Frieden aus. Durch ein lautes Gezeter gestört, blinzelte er. Seine Augen leuchteten noch für einen Moment in der tiefblauen Farbe der Freiheit bis sie wieder zur braunen Augenfarbe wechselten. Die Stirn runzelnd bemerkte er am Fuße des Kailash drei Männer.

Dort saßen ein zerlumpter schwarz gekleideter Dieb, ein in auffälligem rot angezogener Händler und ein Brahmane in Weiß. Shiva beschloss, das Ganze zu beenden und stieg vom Gipfel. Zunächst nahmen die Männer keinerlei Notiz von ihm und beschwerten sich weiterhin lautstark über das Leid des Lebens. Als sie den Gott erblickten, verstummten sie schlagartig. Shiva trat näher:

»Was stört ihr mich mit eurem törichten Wehgeschrei?«

»Mein Leben ist hart und schwer. Ich muss stehlen, um zu überleben. Hilf mir!«, beschwerte sich der Dieb.

»Mein Leben ist eine einzige Mühsal. Die täglichen Geschäfte zermürben mich. Hilf mir!«, jammerte der Händler.

»Mein Leben ist voller himmlischer Freuden, trotzdem ist mein Ziel unerreicht. Hilf mir!«, flehte der Brahmane.

»Nun gut.« Shiva trat zu jedem einzeln und flüsterte ihm etwas ins Ohr. Darauf sprach er: »Kommt wieder nach einem Sonnenumlauf«, und entfernte sich.

Ein Jahr später trafen die Männer am Fuße des Kailash wieder zusammen. Dieses Mal trugen alle drei orange Kleidung und in ihren Gesichtern spiegelten sich Ruhe und Zufriedenheit. Sie unterhielten sich liebenswürdig und übten sich in Geduld.

»Was hat Shiva zu euch gesagt?«, fragte der Dieb interessiert die anderen. »Ein Mantra, das ich täglich rezitieren soll: Soham«, antwortete der Brahmane. Erstaunt fügte der Händler hinzu: »Zu mir auch.« Das Gleiche bestätigte der Dieb.

Nachträglich verdeutlichte Bharati die Erzählung: »Shiva ist der Zerstörer alles Vergänglichen. Damit ist nicht gemeint, dass er wirklich die Welt vernichtet, sondern dass er dir hilft, die wahre Realität allen Seins - Brahman, zu erkennen. Durch ihn lernst du, die irdischen Illusionen zu durchschauen.«

Nach einer kurzen Pause fuhr sie fort: »Die Männer symbolisieren drei Typen der Menschen. Der Dieb hält sich weder an das weltliche noch an das göttliche Gesetz. Er handelt nur nach seinen Bedürfnissen und nimmt keinerlei Rücksicht auf andere.

Der Händler handelt nach dem weltlichen Gesetz. Er ist immer noch auf seinen Vorteil bedacht, versucht aber dabei, keinen anderen ernsthaft zu schädigen.

Der Brahmane befolgt ausschließlich das göttliche Gesetz. Er handelt unabhängig von den Erwartungen der Welt und nimmt persönliche Nachteile in Kauf, um in Gottes Sinne das richtige zu tun.

Damit hat er die besten Voraussetzungen Gottes-
erkenntnis zu erlangen. Trotzdem haben die drei
letztendlich das gleiche Problem. Sie sind gebunden
an ihre Gefühle und Gedanken. Sie möchten Leid
ausweichen und sehnen sich nach Freude.
Befreiung findest du nur, wenn du allem entsagst
und nur noch Brahman zählt. Nur in ihm herrscht
vollkommene Ruhe.«

»Darüber muss ich erst nachdenken«, sagte
Quinn und fragte dann:

»Was ist der Unterschied zwischen dem weltlichen und göttlichen Gesetz?«

»Das weltliche Gesetz wird von Menschen fest-
gelegt und kann an unterschiedlichen Orten der
Erde voneinander abweichend sein. So dürfen zum
Beispiel in einem Land von jedem Bürger Waffen
getragen werden und in einem anderen ist dies
verboten. Gott hingegen ist es gleich, ob du Waffen
trägst oder nicht, sein Gesetz besagt lediglich, dass

du niemandem Schaden zufügen sollst. Und dieses Gesetz gilt für alle Menschen überall.«

Quinn stellte die nächste Frage: »Was bedeutet das Mantra?«

»Es bedeutet: Ich bin Er. Damit wird ausgedrückt, dass du selbst ein Teil Brahmans bist. Die Vorstellung von Gott getrennt zu sein, gehört zur irdischen Illusion. Das Mantra hilft dir, den Kern von dir zu erkennen. Es ist ein langer innerer Weg bis man das wirklich verstehst. Man braucht Stärke und muss unbeirrbar sein, um diesen Weg zu beschreiten«, beendete Bharati für diesen Abend ihre Unterweisungen und schickte Quinn nach Hause.

Hanuman und die Quelle der Stärke

Einst lebte ein Affenkind in Bengalen. Er war der kleinste und armseligste in seiner Gruppe und konnte sich kaum selbst ernähren. Deswegen riefen ihn alle Dina, den Schwächling. Meistens musste er sich mit den Resten der Früchte begnügen, die die anderen ihm übrig ließen. Zum Klettern und Hangeln war er zu schwach und beim Springen von Ast zu Ast verlor er das Gleichgewicht, sodass er herunterfiel. Zog die Gruppe weiter, vergaßen sie ihn ständig und er hatte Mühe, ihnen zu folgen. Trotzdem versuchte er, nicht zu verzweifeln und bewahrte tief in sich Mut und Hoffnung.

Nachdem sie ihn wieder einmal zurückgelassen hatten, saß er allein an einem bewachsenen Felsenhang. Da blies ein gewaltiger Windstoß die herunterhängenden Zweige beiseite. Dabei legten sie den Eingang zu einem alten Felsentempel frei.

Der kümmerliche Affe betrat neugierig den halb verfallenen Tempel. Die Reliefs an den Wänden waren gut erhalten und zeigten verschiedene Inkarnationen von Vishnu und Lakshmi.

Voller Scheu betrachtete er die herrlichen Gottheiten. Sie waren so ganz anders als er. Ihre Bilder strahlten Güte und Wohlwollen aus, sodass ihm durch und durch warm wurde.

Das kleine Tier sah sich um und bemerkte überall vertrocknete Blätter, hereingewehte Steinchen und sonstigen Dreck. Das gefiel ihm nicht. Es entweihte den heiligen Ort. Also sammelte er den Unrat auf und benutzte zuletzt seinen Schwanz, um Boden und Wände blitzblank zu fegen. Es kostete ihn enorme Mühe, allen Schmutz zu beseitigen, und sein Schwanz wurde dreckig und wund.

Voller Erschöpfung schlief er dann an Ort und Stelle ein. Nachts im Traum erschienen ihm Vishnu und Lakshmi. Sanft berührte die Göttin sein Herz:

»Du besitzt großen Mut und innere Stärke, kleiner Affe. Daher heißt du ab jetzt Dinabandhuraya, Beschützer der Armen und Schwachen. Du wirst als König Kapeeshwara über alle Affen herrschen und als Hanuman die Verkörperung von Hingabe und Stärke sein.«

Der Affe schlug die Augen auf, stand auf und streckte sich. Heute fühlte er sich gut und nicht bedürftig wie sonst. Er schaute irritiert umher, der Tempel war ihm gestern deutlich geräumiger vorgekommen. Endlich bemerkte er die Veränderung.

Sein Körper war riesig und Arme und Beine muskulös. Staunend über dieses Wunder bedankte er sich inbrünstig bei den zwei Göttern. In dem Augenblick versprach er, sie für alle Zeit im Herzen zu tragen. Tief in seinem Inneren sprudelte eine nie mehr versiegende Quelle voller Freude.

An diesem Abend brauchte Bharati bloß wenig zu erklären: »Die Quelle der Freude ist die eigene Seele. Das wusstest du schon, oder?«

Der Quecksilbermann nickte. Die Erzählerin fuhr fort: »Bald endet unsere gemeinsame Zeit. Bis morgen, Quinn Quicksilver.«

Wie Ganesha zum Herrn der Hindernisse wurde

Als Ganesha ein Kind war, spielte er seiner Umwelt viele Streiche. Seine Mutter Parvati ärgerte sich häufig über ihn, verzieh aber alles. Sein Vater Shiva schimpfte - ohne Erfolg. Der Elefantengott schlug immer wieder über die Stränge und schien keinerlei Verantwortung übernehmen zu wollen.

Unbelehrbar brachte er die Götter und Menschen in seiner Nachbarschaft zur Weißglut und stahl ihnen mit Vorliebe Leckereien. Man schalt ihn unbeherrscht und gierig. Indes kümmerte ihn das nicht. Auch in späteren Jahren blieb er seinem Lebensstil treu. Er liebte es, wie das Volk zu tanzen und zu feiern, und verstand wie keine andere Gottheit ihr Vergnügen an weltlichem Vergnügen.

Eines Abends besuchte er ein weiter entferntes Dorffest, um dort das Tanzbein zu schwingen und mit den Menschen zu feiern. Bald verging ihm die Laune. Die Männer tranken bis sie kaum noch ein Wort herausbrachten, die Frauen keiften und zeigten ein mürrisches Wesen. Der Elefantengott beobachtete Kinder, die Geldbörsen aus den Taschen stahlen. Üble Sprüche fielen zwischen den Menschen, die in Windeseile in Freveltaten umgesetzt wurden. Schließlich verließ Ganesha angewidert das Fest und wanderte Richtung Heimat durch den Ort. Durch das Erlebte aufgerüttelt, bemerkte er Dinge, die ihm vorher nicht aufgefallen waren. Die Häuser waren verkommen und in den Straßen sammelte sich der Unrat. In dem Dorf herrschte eine düstere Atmosphäre. Aufmerksam sah Ganesha sich um und suchte nach einem Gottestempel. Er entdeckte nicht einen einzigen winzigen Schrein. Gedankenversunken schritt der Elefantengott nach Hause.

Einige Tage später fand ein Götterrat statt. Die Gottheiten sorgten sich über den Werdegang der Menschen. Sie hatten ähnliche Geschehnisse beobachtet wie Ganesha. Hitzig wurde diskutiert, was man tun könne. Brahma plädierte für eine Neuerschaffung der Welt, Vishnu schlug vor, sich zu inkarnieren und Kali, alle schlechten Kreaturen zu bestrafen. Ganesha hatte die ganze Zeit still dabeigesessen und entgegen seiner üblichen Gewohnheit achtsam zugehört. Schließlich ergriff er das Wort: »Es ist der Beginn des dunklen Zeitalters. Die Menschen brauchen Unterstützung und Führung. Sie haben das Ziel aus den Augen verloren und wissen nicht mehr, was richtig und falsch ist.«

Die Gottheiten stimmten ihm zu. »Hast du eine Idee, wie man ihnen helfen kann?«, fragte ihn Lakshmi. Zum Erstaunen der anderen nickte der Elefantengott sofort: »Sie brauchen eine Art Wegweiser im Leben, um den rechten Pfad zu finden. Hindernisse, falls sie einen für sie ungünstigen Weg einschlagen und eine Erleichterung des Alltags, wenn sie sich richtig entscheiden.«

Shiva stöhnte auf: »Das ist eine gute Idee, Sohn. Aber wer soll diese Mammutaufgabe mit so viel Verantwortung übernehmen?«

Ganesha erwiderte: »Ich! Ich würde es sehr gerne machen. Ich verstehe sie am besten.«

Es trat Stille im Götterrat ein. Brahma räusperte sich und meinte: »Ja, warum nicht?«

Und die Götter verneigten sich voller Respekt vor Vignesha, dem Herrn der Hindernisse.

Quinn harrte aus, bis sich alle entfernt hatten. »Der Elefantengott ist Vater, Mutter und jeder Lehrer, den wir uns denken können, in einem«, setzte Bharati an. »Er hilft uns auf dem spirituellen Weg. Durch die äußeren Hindernisse macht er uns die inneren sichtbar, sodass wir uns verändern können.«

»Das verstehe ich nicht. Was ist damit gemeint?«, erwiderte Quinn und runzelte fragend die Stirn.

»Ein Halbwüchsiger möchte gerne Schriftgelehrter werden, allerdings sieht sein Dharma etwas anderes vor. Zunächst macht es Ganesha für diesen Jungen sehr schwer einen Schriftkundigen zu finden, der ihn aufnimmt. Immer sind schon genug Lehrlinge da oder der Meister braucht gerade niemanden. Aber diese einfachen Hindernisse übersieht der junge Mann. Schließlich findet er einen, doch dann passieren ihm kleine Unglücke. Die Tinte fällt um, die Palmblätter bekommen Flecken, die Feder zerbricht und die Schriftstücke werden rissig.

Schlussendlich entlässt ihn der Meister aus der Lehre. Der Junge schlurft bedrückt und enttäuscht zu seinem Elternhaus zurück. Unachtsam in Gedanken versunken, stolpert er, fällt und landet direkt vor den Füßen des Dorfschmiedes. Dieser hilft ihm auf, kommt ins Gespräch mit dem Unglücksraben und bietet an, bei ihm in die Lehre zu gehen. Zuerst nicht sehr begeistert nimmt der junge Mann das Angebot an. Bald stellt sich heraus, dass er ein geschickter Lehrling ist und wächst zu einem hoch geachteten Meister der Schmiedekunst heran«, verdeutlichte die weise Frau.

»Was denkst du, wie oft hat Ganesha hier geholfen?«, schloss sie an das Gesagte an.

Quinn lachte: »Ich glaube, hier hatte er jede Menge Arbeit. Die Meister, die den Jungen nicht aufnehmen wollten, die kleinen Unglücke, und der Schmied musste zum richtigen Zeitpunkt am richtigen Ort sein. Muss man manchmal nicht auch Hindernisse überwinden, um Erfolg zu haben?«

Bharati nickt zustimmend: »Ja, manche Hürden müssen überwunden werden, damit wir stärker werden, Erfahrung sammeln und Reife gewinnen. Das formt uns, bis unsere Gesinnung vollständig mit dem göttlichen Willen übereinstimmt.

Aber für den Augenblick ist es genug. Lass die Geschichten in dir Wurzeln schlagen. Komm in 54 Tagen am Morgen wieder. Da werde ich deine restlichen Fragen beantworten.« Der Quecksilbermann verabschiedete sich respektvoll und wanderte Gedanken versunken nach Hause.

Bharatis Aufgabe

Mit dem ersten Hahnenkrähen sprang Quinn aus dem Bett. Heute endeten die 54 heiligen Tage des Wartens. Er hatte die Frist intensiv genutzt und jeden Tag über die gehörten Erzählungen meditiert. Er freute sich erneut auf die gemeinsame Zeit mit der weisen Frau. Sie hatte ihn schon so vieles gelehrt. Ihre Geschichten waren voller Weisheit und Klugheit und er liebte es, ihr zuzuhören. Wenn sie sprach, schien alles in ihm zu klingen und den tiefsten Grund seines Herzens zu berühren.

Ebenso wie abends saß sie bereits unter dem Bodhi-Baum. Quinn trat an sie heran und setzte sich zu ihren Füßen.

»Hast du alles verstanden?«, fragte Bharati.

»Nicht alles«, antwortete der Quecksilbrige.

»Woher weiß ich, wann ich ein Hindernis überwinden soll und wann es der Hinweis ist, dass ich von meinem Dharma abweiche?«, wollte er wissen.

»Das ist gar nicht so schwer und es gibt Menschen, die uns helfen«, entgegnete Bharati und fuhr fort:

»Meist wirst du es wissen, wenn du tief in dich hineinhörst. Aber manchmal wirst du deine innere Stimme nicht klar hören können oder es mangelt noch am Verständnis für Gottes Hinweise. In diesem Fall suche einen Menschen wie mich. Wir dienen als Brücke zwischen Gott und dem Suchenden und helfen, wenn wir können.

Anfangs brauchst du vielleicht mehr Unterstützung, aber je klarer dein Bewusstsein wird, desto weniger wirst du äußere Hilfe benötigen. Das Bewusstsein ist wie ein See. Ist der See klar und ruhig spiegelt sich Gott in ihm und seine Botschaften sind leicht zu verstehen. Schlägt der See dagegen zu viele Wellen, sind die Bilder verzerrt und man kann sie nicht richtig erkennen. Durch beharrliches Meditieren und einem gottesfürchtigen Leben wird dein Bewusstsein immer ruhiger und damit die Bilder deutlicher. Bis dahin ist es meine Aufgabe, die Worte zu finden, die deinem Verständnis entsprechen.«

Andächtig lauschte Quinn den Ausführungen der Lehrerin. Er war zutiefst dankbar, dass er nicht allein gelassen wurde.

»Warum sind es acht Geschichten? Hat dies eine Bedeutung?«, fragte er weiter.

»Die Acht symbolisiert den ewigen Kreislauf der weltlichen Dinge und die Geschichten zeigen dir, wie alles zusammenhängt. Brahma als Schöpfer der Welt, Saraswati, die das Leben immer wieder neugestaltet, Vishnu als Beschützer des Lebens, Lakshmi, die das Leben so besonders macht, Kali, die das Böse bekämpft und Shiva, der alle weltliche Illusion beendet bis der Kreislauf von vorne beginnt.

In allen Widrigkeiten des Lebens verleiht uns Hanuman die innere Stärke, um diese zu bestehen und Ganesha, der so gut unser Innerstes kennt, sorgt dafür, dass wir uns fortentwickeln. Ganz am Ende, wenn wir das wirklich wollen, verschwindet

die Illusion der Welt und wir erkennen uns in uns
selbst.«

Quinn schwieg. Es war alles gesagt worden.
Respektvoll verbeugte er sich und brach auf. Mehr
als zuvor wollte er seinen Weg weiterbestreiten.

Epilog

Einige Wochen später war Quinn wieder auf dem Weg. In seinem Herzen trug er die Weisheit Bharatis mit sich und verbreitete sie. Irgendwann würde er ähnliche Aufgaben wie die weise Frau übernehmen.

Glossar

Bharati: (Sanskrit), Sprache/Poesie/andere Bezeichnung für Saraswati

Bhati: (Sanskrit), Leuchten/Erkenntnis

Bhodi-Baum: Heiliger Feigenbaum aus Indien, unter dem Buddha erleuchtet wurde

Brahma: männliche Gottheit, die die Welt erschaffen hat; häufig wird er mit vier Köpfen und Armen dargestellt. In seinen Händen hält er meistens Symbole der Opferung (z.B. von Butter oder Früchten), die vedischen Schriften und einen Gebetskranz (Mala)

Brahman: unpersönliches Gottesprinzip, das alles einschließlich aller Geschöpfe und Gottheiten umfasst

Brahmane: Priester, Gelehrte der vedischen Schriften

Dharma: göttliches Gesetz, das für alle Menschen einen verbindlichen Verhaltenskodex und für jeden einzelnen seine Aufgaben und Pflichten im Leben bestimmt

Dina: (Sanskrit), demütig/schwach/traurig/ängstlich

Dinabandhuraya: (Sanskrit), Beschützer der Unterdrückten und Schwachen

Ganesha: männliche Gottheit, mit einem menschlichen Körper und einem Elefantenkopf; er ist der menschlichste der Gottheiten und es gibt viele Geschichten über seine Gefräßigkeit und seine Tanz- und Feierlust

Grihastha: (Sanskrit), Mann, der im Berufs- und Familienleben steht / Begriff für einen bestimmten Lebensabschnitt

Hanuman: männliche Gottheit in Affengestalt, steht insbesondere für Mut, Stärke und Loyalität

Kailash: (Sanskrit), derjenige, der Frieden schenkt, heiliger Berg in Indien

Kali: weibliche Gottheit; sie ist häufig mit den abgeschnittenen Köpfen der Dämonen geschmückt, die sie unerbittlich bekämpft

Kali-Gandaki Tal: (Sanskrit), schwarzes Gandaki-Tal / tiefstes Tal der Welt

Kapeeshwara: (Sanskrit), König der Affen

Lakshmi: weibliche Gottheit, die die Fülle und die Schönheit der Welt bewirkt; sie sorgt für die Lebensfreude und damit dem Wunsch des Lebens, sich selbst zu erhalten

Mila: weiblicher Vorname, (slawischen), Liebe/ Geliebte

Opira: (abgeleitet aus dem ukrainischen opir), Widerstand

Prodito: (abgeleitet aus dem lateinischen proditor), Verräter

Saraswati: weibliche Gottheit, die den steten Wandel der Welt bewirkt; sie ist insbesondere die Herrin der Künste und der Wissenschaft; fast immer findet man bei ihrer Darstellung eine Vina (indische Laute) und die vedischen Schriften; zu ihr gehören zwei Reittiere: ein Schwan und ein Pfau

Shiva: männliche Gottheit, die die weltliche Illusion zerstört; er wird häufig als Asket und Yogi in tiefer Meditation dargestellt

Smug: (Sanskrit), selbstgefällig

Vighnesha: (Sanskrit), Herr der Hindernisse / andere Bezeichnung für Ganesha

Vishnu: männliche Gottheit, die das Leben erhält und laut Mythos, in jedem Zeitalter in unterschiedlicher Gestalt inkarniert, um die Schöpfung zu beschützen; sein Reittier ist der Adler Garuda, der als Himmelsbote gilt

54 Tage: die Hälfte der heiligen Zahl 108 in Indien, 108 steht wie die 8 für die Unendlichkeit der Göttlichkeit und die Erleuchtung, 54 ist die halbe Erleuchtung

Bildnachweis

Coverabbildung: Art naiv; Evelyn Ruhnke;
www.evelyn-ruhnke.de

Alle Zeichnungen im Buch wurden von Anna Gebhardt gestaltet: Instagram: anna_anchor_ship; Kontakt: anna.anchor_ship@web.de

Bildbearbeitung: Elsa Thamm